LE
CLIMAT D'ENGHIEN

CONFÉRENCE FAITE A ENGHIEN

Le 31 Août 1881

PAR

LE DOCTEUR GILLEBERT D'HERCOURT

MÉDECIN CONSULTANT PRÈS L'ÉTABLISSEMENT THERMAL,
MEMBRE DE PLUSIEURS SOCIÉTÉS SAVANTES ET MÉDICALES
FRANÇAISES ET ÉTRANGÈRES.

EXTRAIT DE *LA TRIBUNE MÉDICALE.*
Octobre et Novembre 1881.

PARIS

IMPRIMERIE V. GOUPY ET JOURDAN,
71, RUE DE RENNES, 71.

—

1881

LE CLIMAT D'ENGHIEN

CONFÉRENCE FAITE A ENGHIEN

Le 31 Août 1881

PAR

LE DOCTEUR GILLEBERT DHERCOURT

Médecin consultant près l'établissement thermal,
Membre de plusieurs sociétes savantes et médicales
Françaises et étrangères.

> « Pendant qu'un philosophe assure
> Que toujours par leurs sens les hommes sont dupés,
> Un autre philosophe jure
> Qu'ils ne nous ont jamais trompés.
> Tous les deux ont raison, et la philosophie
> Dit vrai quand elle dit que les sens tromperont
> Tant que sur leur rapport les hommes jugeront.
> Mais aussi, si l'on rectifie
> L'image de l'objet sur son éloignement,
> Sur le milieu qui l'environne,
> Sur l'organe et sur l'instrument,
> Les sens ne tromperont personne. »

Mesdames, Messieurs,

Ces vers empruntés à l'une des fables de Lafontaine, *Un animal dans la lune*, sont, en tous points, applicables aux avis défavorables et souvent malveillants, émis sur le climat et sur les eaux minérales d'Enghien par beaucoup de personnes, parmi lesquelles nous avons le regret de compter *quelques médecins*, qui n'ont jugé cette station thermale que d'après des idées préconçues et sans la connaître. Aussi, on serait tenté de leur appliquer cette boutade rimée :

> « De te les gens il est beaucoup
> Qui prendraient Vaugirard pour Rome,
> Et qui, caquetant au plus dru,
> Parlent de tout, et n'ont rien vu. »

Pourquoi ces beaux faiseurs de caquets n'ont-ils pas suivi la leçon que leur donne le judicieux fabuliste dans la fable précédemment citée ? N'y dit-il pas, en effet :

« Mon âme en toute occasion
Développe le vrai caché sous l'apparence.

. . . .

Quand l'eau courbe un bâton, ma raison le redresse :
        La raison décide en maîtresse.
        Mes yeux moyennant ce secours,
Ne me trompent jamais, en me mentant toujours,
Si j'en crois leur rapport, erreur assez commune,
Une tête de femme est au corps de la lune.
Y peut-elle être ? non. D'où vient donc cet objet ?
Quelques lieux inégaux font de loin cet effet.
La lune nulle part n'a sa surface unie :
Montueuse en des lieux, en d'autres aplanie,
L'ombre avec la lumière y peut tracer souvent
        Un homme, un bœuf, un éléphant. »

A propos du même sujet, les *erreurs des sens,* un autre philosophe, le savant Fontenelle a dit : « En physique, dès qu'une chose peut être de deux façons, elle est ordinairement de celle qui est la plus contraire aux apparences. » Il cite, à l'appui de cette remarque, le mouvement apparent du soleil autour de la terre, tandis que la science a démontré le contraire ; la rosée qui semble tomber du ciel, tandis qu'elle s'élève de la terre, à laquelle, en effet, l'atmosphère emprunte son humidité. Enfin, et pour terminer ces exemples, les cultivateurs et les vignerons redoutent la *lune rousse,* qu'ils accusent de causer souvent de la gelée. Cependant cet astre n'est pour rien dans la production du froid que l'on observe fréquemment pendant les nuits des premiers jours de mai. Ce phénomène est dû exclusivement à la pureté du ciel, qui permet à la chaleur de la terre de se perdre, sans retour, dans les espaces cé* lestes. La lumière de la lune n'a d'autre effet, en cette circonstance, comme le dit M. Marié Davy, que de rendre l'état du ciel plus sensible et le phénomène plus apparent.

Il faut donc toujours se défier des apparences, et s'appliquer à ne juger les faits qu'après les avoir soigneusement et sainement examinés. Cette proposition n'a pas besoin de démonstration ; il suffit de la poser pour que tout le monde soit d'accord sur ce point.

Cependant ce n'est pas ainsi qu'ont pensé et agi les détracteurs d'Enghien. Loin que chez eux « la raison ait décidé en maîtresse » loin qu'ils aient cherché à dégager la vérité des voiles de l'apparence, ils n'ont soumis

— 3 —

à aucun examen ni leurs propres impressions, ni les
commérages qu'ils ont entendus ; ils ont tout accepté,
tout jugé à priori ; puis ils se sont faits, inconsciem-
ment sans doute, les échos et les propagateurs des préjugés les plus injustes. — Par exemple, ne les entend-
on pas souvent accuser Enghien d'être insalubre ? J'a-
joute que beaucoup d'entre eux ne le font pas sans
apporter quelque passion dans le soutien de leur thèse.
Eh bien ! autant que celle des eaux minérales, la question du climat touche aux intérêts les plus chers d'Enghien.

Mesdames, Messieurs, c'est pour combattre ces préjugés, c'est pour défendre les intérêts d'Enghien que j'ai
l'honneur de prendre la parole devant vous. Je réclame
toute votre indulgence, et j'espère que vous me pardon-
nerez beaucoup en faveur de mes bonnes intentions.

Je ne m'occuperai pas de ces dires malveillants, ins-
pirés par la cupidité ou par l'envie, qui se sont produits
pour la première fois à l'époque de l'infortuné Pélagot,
et qui circulent encore de nos jours, quoiqu'ils aient été
sévèrement, mais très justement flétris par M. Cheva-
lier, le fils. Ce n'est pas davantage une réponse que je
me propose de faire aux mensonges de ceux qui, après
avoir vécu d'Enghien ou par Enghien, le dénigrent sans
raison depuis qu'ils l'ont quitté. A tout cela, aux partis
pris de dénigrement, je n'opposerai qu'un dédaigneux
silence.

Ce que je me propose, c'est d'éclairer ceux qui on
été trompés ou qui se trompent de bonne foi. C'est à
eux que je m'adresse, avec la confiance qu'ils voudront
bien croire à ma sincérité, et m'écouter d'une oreille pa-
tiente.

Prenant la science pour base de ma dissertation, je
combattrai les idées préconçues et les allégations soute-
nues légèrement et sans preuves ; j'opposerai aux préjugés l'exposé véridique des faits, que d'ailleurs je sou-
mettrai à une interpellation sérieuse. Je mettrai ainsi
sous leurs yeux l'évidence, la vérité, et leur démontrerai
que la plupart de ces commérages n'ont pas même
l'excuse des apparences, et que les autres reposent sur
une fausse interprétation des faits.

Topographie. — Comme il importe avant tout de bien
connaître l'objet dont on s'occupe, je jetterai d'abord un
rapide coup d'œil sur les *conditions topographiques*
d'Enghien.

Le sol, sur lequel cette petite ville est bâtie, appartient au versant méridional du coteau de Montmorency ; il est légèrement incliné du Nord-Nord-Est au Sud-Ouest, en face de cette partie de la plaine qui, d'ici, semble n'avoir pour limites que les fortifications du nord de Paris, et les coteaux de Saint-Cloud et de Meudon. Il est assez élevé au-dessus de cette plaine pour que le chemin de fer du Nord qui la parcourt en remblais, avant et après Enghien, traverse cette ville en tranchée assez profonde, et pour qu'à cet endroit même, le niveau de ce sol soit supérieur *de plus de 22 mètres* à celui des eaux de la Seine à Épinay. Cette différence d'altitude, qu'on ne peut soupçonner au premier abord, a été établie par moi d'après les cotes des cartes de l'État-major. Il est donc facile d'en vérifier l'exactitude. Au reste, on peut très bien apprécier, *de visu*, le degré d'élévation du territoire d'Enghien au-dessus de la plaine, lorsqu'on l'envisage des points que je vais indiquer ; 1º de la station du chemin de fer en face d'Épinay ; 2º de la croisée du chemin d'Ormesson à Argenteuil avec la grande route de Pontoise ; 3º sur le parcours du chemin d'Eaubonne à Soisy ; 4º du boulevard Cotte.

Abrité contre les vents septentrionaux (du Nord-Est au Nord-Nord-Ouest) par les coteaux qui s'étendent de Montmorency à Bessancourt, le territoire d'Enghien est encore quelque peu protégé à l'Ouest, par ceux de Sannois et d'Orgemont ; du Sud-Ouest à l'est, il est complètement découvert. Cette exposition lui permet de recevoir les rayons du soleil levant aussi bien que ceux du soleil couchant, et par conséquent d'être soumis à la radiation solaire depuis le commencement du jour jusqu'à sa fin.

Ce sol, mélangé de gypse et de sable très fin, est très perméable, et sa surface étant suffisamment déclive dans toute son étendue, il s'ensuit que les eaux pluviales s'écoulent facilement, et qu'il n'est *humide* dans aucune de ses parties, même dans celles qui sont situées en contre-bas de la chaussée du lac, à trois mètres environ au-dessous du niveau supérieur des eaux. Là, en effet, on chercherait en vain quelques-unes de ces plantes qui croissent dans les terrains humides. Pour les en convaincre, j'y ai souvent conduit quelques confrères qui, ainsi que moi, y ont constaté l'absence absolue de ces végétaux.

L'agglomération des habitants présente les dispositions suivantes. La principale rue, qui va de la chaussée du lac à la route de Paris à Saint-Leu, est dirigée du sud-ouest au nord-est ; les autres rues sont parallèles à celle-ci, ou la coupent à angle droit ; le sol des unes et des autres est constitué par du macadam pourvu de trottoirs et de rigoles pavées : toutes ces rues sont suffisamment larges, d'une rectitude parfaite et bordées de maisons peu élevées ; ce qui permet à l'air et à la lumière d'y circuler librement. Elles sont éclairées au gaz ; une grande propreté y règne ; elles sont arrosées plusieurs fois par jour, suivant le besoin, et leurs ruisseaux sont lavés et balayés à grande eau, matin et soir. Incessamment un égout souterrain recevra les eaux pluviales et ménagères de toute la commune.

Les maisons sont bien percées : en général, elles sont construites en briques ou en pierre, au-devant ou au milieu d'un jardin. Sous les rez-de-chaussée, il y a des sous-sol ou des caves ; la plupart sont des habitations de luxe.

Les eaux potables et celles qui sont destinées aux usages domestiques ou à ceux de la toilette, sont fournies par l'Établissement de la Compagnie parisienne des eaux de la Seine ; quelques maisons ont des citernes ; en outre, il existe dans le parc de l'Établissement thermal et dans une rue adjacente trois sources qui donnent de l'eau excellente. De toute façon, on est donc assuré à Enghien d'avoir de l'eau de bonne qualité. Mais les eaux de puits étant séléniteuses, comme toutes celles du bassin de Paris, ne doivent jamais être employées pour la boisson, ni pour les besoins de la cuisine.

Pour compléter ce tableau, j'ajoute qu'il n'existe à Enghien, ni dans un voisinage rapproché, aucune usine insalubre ou incommode, et que les cultures, qui y sont en usage, ne peuvent communiquer au sol une influence délétère. Au contraire, la belle végétation, qui y abonde, contribue doublement à la purification de l'air, en y renouvelant l'oxygène et en absorbant les matières altérables qui peuvent être contenues dans le sol. « *La grande influence des arbres sur la salubrité des terrains est incontestable,* dit M. le professeur Chevreul, *puisqu'ils s'accroissent en y puisant des matières altérables, causes prochaines ou éloignées d'infection.* »

Est-il possible d'admettre que de semblables conditions topographiques recèlent des éléments d'insalubrité ? — Sans aucune hésitation, j'affirme que cela n'est pas possible. Mais certaines gens, plus ou moins obstinés, reconnaissant qu'ils ne peuvent s'appuyer sur les conditions topographiques d'Enghien, invoquent comme causes de sa prétendue insalubrité, l'influence de la vallée et celle du lac.

Recherchons donc si ces influences sont réellement nuisibles.

Commençons par :

La Vallée, mais d'abord précisons bien ce qu'on doit entendre par ce mot.

Une vallée est un espace de terre plus ou moins resserré entre deux ou plusieurs montagnes. Sa profondeur, proportionnelle à l'élévation et au rapprochement de ces montagnes, est, dans tous les cas, considérable ; son fond, ou talweg, est généralement occupé par des cours d'eau plus ou moins forts, d'autant moins réguliers, lorsqu'ils sont faibles, qu'ils rencontrent plus fréquemment des obstacles ou des barrages naturels par lesquels ils sont transformés en cascades d'où l'eau, poudroyée par sa chute contre les rochers, s'échappe en partie sous forme de vapeur. Elevée et étroite à son origine, qu'on appelle col, la vallée s'élargit et s'abaisse rapidement au fur et à mesure qu'elle se rapproche de la plaine ou du lieu de son embouchure. C'est, au reste, à la forte inclinaison générale de son sol autant qu'à ses conditions d'étroitesse au sommet et d'évasement dans le bas que cet espace doit le nom de vallée, tiré du latin *vallis*, qui veut dire *descente*, et d'où l'on a fait *dévaler* : aller de haut en bas, descendre une pente. Enfin, la vallée a le plus souvent une direction sinueuse.

De cette configuration géographique, il résulte que toutes les parties de la vallée n'étant ni également, ni simultanément éclairées par le soleil, les unes s'échauffent pendant que les autres restent froides, et que souvent les premières se refroidissent lorsque, à leur tour, les secondes s'échauffent. En conséquence, il existe toujours une différence de thermalité entre les deux versants des vallées. Cet état de choses engendre des variations fréquentes et souvent considérables dans la température, l'humidité, et surtout dans les mouvements de l'air des vallées. En effet, les orages y sont fréquents, ainsi que les brouillards ; il y pleut souvent, et il s'y produit des courants atmosphériques que le professeur FOURNET, eu égard à leur importance et à leur régularité, a comparés à des *marées aériennes* qu'il a désignées sous le nom de *brises montagnardes*.

C'est en raison de tous ces faits que l'idée de *vallée* entraîne nécessairement celle d'un lieu humide, à température variable, à nombreux courants d'air, et exerçant le plus souvent une influence mauvaise sur la santé, principalement sur celle des personnes qui ne sont pas encore acclimatées.

Eh bien! rencontre-t-on dans la configuration du territoire situé à l'ouest-sud-ouest de Montmorency, et sur lequel Enghien a été construit, les conditions topographiques qui caractérisent les vallées? En aucune façon. D'abord les coteaux qui s'élèvent au-devant et en arrière de ce territoire sont dans toute leur étendue également distants l'un de l'autre; leurs axes ont la même direction (du sud-est au nord-ouest); ils sont, en conséquence, parallèles; d'où il résulte déjà que cette prétendue vallée de Montmorency n'a ni col, ni embouchure. La direction de ces coteaux est telle, leur altitude est si faible par rapport à l'étendue du territoire qui les supporte, et leurs pentes sont si dépourvues d'escarpements qu'il n'est pas un point de ce sol qui soit, durant un seul instant, privé de la radiation solaire. D'où encore résultent, à l'avantage de cette contrée, une température peu variable et l'absence de brises montagnardes. Enfin, la grande déclivité du sol, qui est, ainsi qu'on vient de l'entendre, l'une des principales caractéristiques des vallées, fait ici complètement défaut. La pente du sol d'Enghien est tout juste ce qu'il faut qu'elle soit pour rendre facile l'écoulement des eaux.

Ainsi, sous aucun rapport, il n'existe de ressemblance entre le territoire en question et les vraies vallées des pays de montagnes. C'est donc très improprement qu'on a donné à celui-ci le nom de vallée. En réalité, c'est une plaine allongée en forme de bassin peu profond, et faisant partie d'une plaine plus grande sur la surface de laquelle s'élèvent quelques éminences isolées, trop peu élevées et ayant une direction trop parallèle pour dénaturer le caractère géographique de la partie ou du tout. « Une plaine, a dit Demerson, n'est pas seulement une prairie de parfait niveau, c'est encore un pays coupé par des collines ou des ondulations fort peu élevées. » Aussi, comme exemple de vastes plaines à surface accidentée, cet auteur cite celle qui s'étend de Paris à Orléans, et qui est sillonnée de collines et de ravins, et celle de la Champagne, qui est couverte de monticules de craie.

Cependant si, malgré toutes les raisons que je viens

d'alléguer pour le soutien de ma thèse, la conclusion, qui découle de mes arguments, paraissait contestable à certains esprits, j'opposerais à ces récalcitrants l'opinion de deux hommes très compétents sur cette matière, celle des professeurs G. Cuvier et Alex. Brongniart.

Dans leur essai sur la géographie minéralogique des environs de Paris, ces deux savants illustres s'expriment ainsi à propos du territoire qui nous occupe : « Ce plateau (1) que nous avons comparé à un demi-cercle, porte dans son milieu une *plaine assez élevée*, où sont situés les bois de Pierrelaye, les villages de Margency, Soisy, Deuil, etc ; (alors la commune d'Enghien n'existait pas, il ne pouvait être fait mention d'elle dans l'œuvre de G. Cuvier et d'Alex. Brongniart ; mais elle y est implicitement comprise, puisque son territoire a été depuis emprunté à ceux de Soisy et de Deuil) ; elle est bordée au sud-ouest par les coteaux de Cormeilles et de Sannois, et au nord-est par celui de la forêt de Montmorency. Cette plaine forme ce que l'*on nomme la vallée de Montmorency*, espèce de grande vallée sans col, sans rivière dans son milieu ; enfin très différente des vraies vallées des pays de montagnes ; mais si elle en diffère par sa *forme*, elle en est aussi très différente par sa *structure géologique* ; le fond et les deux extrémités de cette espèce de vallée sont d'une autre nature que ses bords » (Mémoires scientifiques de l'Institut ; année 1810, 1re partie, page 87).

Ainsi, vous le voyez, Mesdames et Messieurs, ce n'a été qu'en forçant la ressemblance, et par une sorte de licence, familière aux poètes, qu'on a pu appeler vallée la plaine située entre les coteaux de Sannois et de Montmorency. Quant à la science, elle déclare formellement que ce qui a porté jusqu'ici le nom de vallée de Montmorency n'est réellement qu'une plaine.

Mais, puisqu'il en est ainsi, Enghien, qui a été construit en totalité sur cette plaine, n'est pas situé dans une vallée, et par conséquent il ne peut avoir, au point de vue de la santé, aucun des inconvénients qu'on est en droit de reprocher aux vallées.

Voici donc un premier chef d'accusation anéanti ; passons maintenant au second, c'est-à-dire à l'influence du lac.

(1) Celui d'entre Seine-et-Oise.

Le Lac. — On l'accuse tout à la fois de donner lieu à des émanations paludéennes et à beaucoup d'humidité. C'est encore une double erreur basée sur d'anciens commérages et acceptée sans examen. Je vais le prouver.

En ce qui concerne les émanations paludéennes, voici ce qui se passait autrefois. L'étang, dit de Montmorency, n'avait pas alors de limites fixes, et il était entouré de marécages. Pendant la sécheresse estivale, ceux-ci laissaient à découvert une étendue plus ou moins grande de vase et de matières organiques végétales ou animales, qui, échauffées par le soleil, engendraient des miasmes paludéens. Alors régnaient dans le voisinage de nombreuses fièvres intermittentes, simples ou pernicieuses. Cela n'est pas contestable.

Mais, depuis que cet étang a été réduit en étendue et transformé par un encaissement qui n'a pas moins d'un mètre de hauteur, et qui maintient la masse d'eau à un étiage constant, on a vu disparaître de la contrée toutes les affections d'origine paludéenne. Voici, à ce propos, ce qu'écrivait, déjà en 1839, M. le docteur Perrochet, médecin à Montmorency, qu'on ne peut accuser d'avoir prêché pour sa paroisse : « Il est à remarquer, dit-il, que malgré l'injuste prévention que quelques personnes ont encore contre la salubrité de la localité d'Enghien, probablement suscitée par des intérêts particuliers, ou par une malveillance que nous nous abstenons de qualifier, nous n'y avons jamais vu régner endémiquement, depuis une dizaine d'années que nous exerçons dans la *vallée*, ni fièvres, ni rhumatismes, ni scrofules, affections communes aux lieux marécageux. » (Essai sur la thérapeutique des eaux d'Enghien et sur la topographie physico-médicale de la vallée de Montmorency, p. 74 et 75.)

Ce que M. Perrochet affirmait déjà en 1839, les médecins qui lui ont succédé dans le pays et qui y exercent encore aujourd'hui peuvent également le certifier avec la même assurance. Pour moi, je crois pouvoir dire qu'Enghien mérite d'être compté aujourd'hui à la tête des pays où, relativement, on consomme le moins de sulfate de quinine, employé à la cure des maladies d'origine tellurique ou paludéenne. A cet égard, d'ailleurs, on peut consulter MM. les pharmaciens du pays.

Comment cette transformation du lac a-t-elle pu produire un résultat aussi heureux ? C'est en empêchant la mise à nu de la vase.

Assurément une partie du fond du lac n'a pas cessé

d'être un terrain paludéen, (cette partie n'a qu'une très faible étendue; tout le reste du fond du lac est recouvert d'une couche de sable très fin, apporté par les ruisseaux affluents : on peut se convaincre de cela aux époques de dessèchement du lac); mais attendu que ce fond est constamment recouvert par une nappe d'eau dont la hauteur minimum est de 80 centimètres, il ne peut s'en échapper aucun effluve malfaisant. La science et l'observation ont élevé cette assertion au rang d'une vérité. En effet, les hygiénistes les plus compétents de tous les pays ont constaté que « tant que les terrains paludéens sont couverts d'eau, ils ne donnent lieu à aucune émanation marécageuse, que ce n'est que lorsqu'ils se découvrent peu à peu, et que le soleil darde ses rayons sur ces terres humides, que l'intoxication paludéenne est à son plus haut degré. (Littré et Robin, artic. paludéen.) A propos de la malaria romaine, le docteur Tomasi-Crudeli, directeur de l'Institut anatomique et physiologique de l'Université de Rome, dit : « C'est un fait bien connu, que les marais les plus pestilentiels n'engendrent pas de malaria (même si la température est très élevée), tant que leur fond est recouvert en totalité par les eaux. » (In *Journal d'hygiène.*) J'ajouterai, d'après Michel Lévy, que, quand le Nil inonde l'Egypte, on voit disparaître la peste comme par enchantement. Ainsi la protection exercée contre les émanations marécageuses par une couche d'eau suffisante est partout d'une efficacité bien reconnue et bien positive.

C'est en vertu de ces faits bien et dûment constatés, que l'autorité a prescrit que le fond du lac d'Enghien fût toujours submergé par une couche d'eau ayant en minimum 60 centimètres d'épaisseur. De nombreux sondages, opérés en exécution de cette prescription, ont démontré que, dans les endroits les moins profonds, la couche d'eau avait au moins 80 centimètres de hauteur au-dessus du fond, et que dans la partie centrale du bassin, cette couche a environ deux mètres de hauteur.

Enfin les eaux du lac d'Enghien ne peuvent pas être considérées comme des eaux dormantes, puisqu'elles sont incessamment renouvelées, dans ce bassin de 42 hectares, par une foule de ruisseaux qui affluent d'Eau-Bonne, de Soisy et de la forêt de Montmorency, et par de nombreux puits artésiens qui ont été forés sur les territoires de Soisy et de Saint-Gratien. L'inspection de la cascade, qui est en face de la chaussée du lac et près de la source de la Pêcherie, peut donner aux cu-

rieux une juste idée de l'importance de ce renouvelle-
ment, qui s'opère à l'extrémité opposée du bassin.

La conséquence de tout cela est qu'il n'existe pas,
bien plus qu'il ne peut pas exister d'émanations paludéennes à Enghien, procédant du fait du lac. — Comme
la précédente, cette accusation doit donc être écartée.

Parlons maintenant de l'*humidité*. Les contemp-
teurs de notre pays disent : Il y a un lac, donc c'est
humide ! et malgré la naïveté de ce raisonnement, ils
affirment que l'air de tout le pays est constamment et
abondamment imprégné d'humidité. Mais avant de se
prononcer aussi absolument sur une semblable question, il fallait avant tout s'enquérir des conditions dans
lesquelles l'humidité se produit, et s'assurer qu'à Enghien celle-ci est plus grande qu'ailleurs. La sagesse
veut qu'on agisse ainsi en toute chose : mais nos adversaires nous prouvent, par leur langage qu'ils mécon-
naissent sa voix ; ne les imitons pas et faisons ce qu'ils
n'ont pas cru nécessaire de faire.

Aux températures les plus diverses, qui cependant
ne descendent pas au delà d'un certain refroidissement
et à la surface libre de toutes les collections d'eau, il se
forme spontanément et incessamment de la vapeur
aqueuse, qui se mêle aussitôt à l'air, à la façon d'un
gaz qui se mélange avec un autre gaz. L'intensité de ce
phénomène, appelé évaporation, est proportionnelle à
diverses conditions ; par exemple, au degré de sécheresse ou d'humidité de l'air, à la force ou à la faiblesse
des vents, à l'étendue, l'épaisseur et l'état de repos ou
d'agitation de la masse liquide.

Ainsi l'eau s'évapore plus vite quand l'air est sec,
quand les vents sont violents, quand la collection d'eau
a peu d'épaisseur et quand elle est agitée. Les conditions opposées : l'humidité de l'air, le calme de l'atmosphère, l'état de repos de la collection d'eau, ralentissent
ou diminuent l'évaporation. Toutes choses égales
d'ailleurs, l'élévation de la température extérieure active
l'évaporation ; mais la quantité d'eau qui s'évapore dans
un temps donné est toujours proportionnelle à l'étendue
de la surface liquide et non au volume de la collection.
Il y a, en effet, cette différence entre l'ébullition et
l'évaporation, à savoir : que dans la première, la vapeur se forme au sein de la masse liquide, tandis que
dans la seconde elle se produit seulement à la surface.

Appliquant ces données à notre lac, il me sera facile
de dire dans quelles circonstances l'évaporation y est
forte ou faible.

Quand l'atmosphère est calme et la surface du lac tranquille — notons que c'est le cas le plus ordinaire — l'évaporation y est aussi faible et aussi lente que possible, et le mélange de la vapeur d'eau avec l'air s'y fait avec une égale lenteur.

Lorsque, au contraire, l'atmosphère est agitée, quand de forts courants d'air sec viennent soulever les eaux en vagues plus ou moins fortes, ils multiplient ainsi les surfaces vaporisantes et amènent incessamment de nouvelles molécules d'air sec au contact de l'eau ; dans ce cas, l'évaporation est très active. Mais que devient alors cette vapeur aqueuse par rapport à Enghien ? Pour s'en rendre compte, il suffit de considérer la situation du lac relativement à celle de notre petite cité.

Je commence par rappeler que les bords du lac ne sont pas libres partout ; ils sont protégés au nord-est à l'est et à l'ouest par de nombreuses villas, par d'épais bosquets et par l'agglomération des habitations d'Enghien ; ils ne sont donc pas accessibles aux courants d'air inférieurs venant de ces points cardinaux. La surface des eaux ne peut être agitée que par les vents qui soufflent du nord-nord-ouest ou du sud-sud-ouest, seuls côtés où elle est peu ou point abritée. Aussi, ce n'est que dans ces circonstances que l'évaporation y peut être suractivée ; mais alors, grâce à une heureuse disposition des lieux, le produit de cette évaporation est sans action sur l'agglomération urbaine. En effet, loin de se porter de ce côté, il est entraîné dans la direction d'Epinay et de Saint-Denis, ou dans celle d'Eau-bonne et d'Ermont, par les courants d'air qui lui ont donné naissance. Si le vent d'est agissait directement sur le lac, il porterait la vapeur aqueuse, sur Saint-Gratien et sur les buttes d'Orgemont ; seul, le vent inférieur de l'ouest pourrait pousser la vapeur d'eau sur Enghien, mais, arrêté par la double rangée d'habitations, qui constitue le boulevard d'Enghien, ce vent est à peu près sans action directe sur la surface du lac, en conséquence, il ne peut y activer l'évaporation, ni en porter le produit sur Enghien.

Ainsi, la proportion d'humidité, engendrée par le lac, quelle que soit son importance, ne peut affecter la ville d'Enghien, ni élever son état hygrométrique dans des conditions nuisibles à la santé de ses habitants. Je démontrerai plus loin, en traitant de la météorologie, que cet état hygrométrique est généralement très modéré, et que ce n'est que sous l'influence de la pluie, et transitoirement, par conséquent, qu'il se rapproche du point où l'air est saturé d'humidité.

Pour que l'humidité produite par une collection d'eau
soit assez considérable et assez constante pour être
nuisible aux habitants d'une contrée, il faut qu'il y ait
une disproportion considérable entre la surface liquide
et l'étendue des terrains qui avoisinent cette collection
d'eau, l'entourent ou en sont entourés. C'est ainsi que
l'humidité est habituellement très grande à Venise et
dans certaines parties de la Hollande où la surface des
eaux a, relativement, beaucoup plus d'étendue que celle
du sol ; il en est de même encore toutes les fois qu'une
grande nappe d'eau est renfermée dans une vallée étroite
et profonde ; car alors, le produit de l'évaporation ne
pouvant se répandre au delà de l'espace circonscrit par
les montagnes , l'air de cette contrée est toujours saturé d'humidité. Mais, encore une fois, ce n'est pas le
cas d'Enghien ni de son lac. Celui-ci n'a que 42 hectares
de superficie, et la plaine dans laquelle il est situé
a une étendue de plusieurs myriamètres carrés. Ici, la
disproportion est entièrement à l'avantage des terrains
dont, d'ailleurs, les faibles ondulations ne peuvent s'op-
poser à la libre diffusion de la vapeur dans les environs. Il arrive alors que la proportion d'humidité contenue dans l'atmosphère du lac se réduit en raison de la
grandeur de l'espace dans lequel sa diffusion s'est opé-
rée. Aussi, le produit de cette évaporation, loin d'être
trop considérable, est tout juste suffisant pour entretenir
dans l'air de cette plaine le degré d'humidité nécessaire
à la santé de ses habitants et aux besoins de sa riche
végétation.

Si l'air d'Enghien était ordinairement chargé d'un
excès d'humidité, les rosées y seraient abondantes et
les brouillards y seraient fréquents. Or, c'est le contraire
qui a lieu. Les brouillards n'y sont ni aussi fréquents, ni
aussi épais que dans plusieurs localités voisines, par
exemple, que dans la plaine de Saint-Denis et à Paris.
En voici une preuve, entre toutes : Le 21 février 1871,
j'inscrivais sur mon cahier d'observations, à 9 heures
du matin, la mention suivante : *léger brouillard*. Durant cette même matinée, j'allais visiter un malade au
Cygne d'Enghien, sans être incommodé par le brouillard, puisque je pouvais apercevoir un poteau télégraphique à plus de cent pas. Les abords du lac n'étaient
pas plus brumeux que le reste du pays. Eh bien ! le
lendemain, j'apprenais par les journaux que Paris
avait été, dans cette même journée du 21, enveloppé
d'un brouillard si épais et si persistant, qu'aux abords
de la Seine et des grandes places publiques, on ne se

voyait pas à quelques mètres, que les piétons s'égaraient, que les omnibus marchaient au pas, qu'aux premières lueurs du jour, les gardiens de la paix éclairaient au moyen de torches les grandes voies par où arrivaient les maraichers, et que les bateaux omnibus avaient interrompu leur service pendant une partie de la journée. Des accidents, causés par cette grande obscurité, avaient eu lieu sur le quai de la Rapée et sur la place de la Concorde. J'ai eu, depuis, plusieurs occasions d'observer des faits de cette nature.

Combien de fois, dans le jardin des roses, sur les bords du lac, de 8 à 11 heures du soir, n'ai-je pas fait constater par les personnes présentes qu'on n'y éprouvait aucune sensation d'humidité, et qu'il n'y avait pas de rosée. Je ne veux pas dire assurément qu'il en soit ainsi tous les jours ; mais j'affirme que le contraire n'arrive que lorsque les vents humides soufflent avec violence ; ce qui n'est pas fréquent dans la belle saison. Quand, au contraire, il vente fort du nord-ouest ou de l'ouest-sud-ouest, on passe la soirée ailleurs que sur les bords du lac, ou l'on se couvre davantage ; car, en somme, cette différence est très supportable.

Il n'est pas de pays où, à un moment donné, les habitants ne soient obligés de prendre quelques précautions contre les intempéries de l'air ; sous ce rapport, Enghien est soumis à la loi commune ; mais il ne présente rien au delà.

Enfin, dans un autre opuscule, j'ai déjà cité comme preuve de l'innocuité du lac, la salubrité des cottages élevés sur ses bords ; cottages appartenant pour la plupart, depuis un grand nombre d'années, aux mêmes propriétaires qui les habitent tous les ans; et j'ai ajouté que nul d'entre eux ne songeait à se défaire de sa propriété, du moins pour cause d'insalubrité.

Il n'y a qu'un instant, j'ai parlé de Venise. Eh bien ! qu'on se représente cette ville placée au milieu des eaux et entourée de marécages, et qui est cependant une des stations les plus recommandées aux malades ! Qu'on la compare à Enghien, et qu'on dise ensuite de quel côté sont les plus grandes probabilités de salubrité ! Les gens éclairés et impartiaux ne manqueront pas, j'en suis certain, de donner la palme à Enghien.

Qu'on cesse donc de se préoccuper de l'influence du lac, et surtout de lui attribuer une influence nocive. Rien ne justifie cette préoccupation.

D'où vient alors l'imputation d'humidité qui est généralement appliquée au climat d'Enghien? On peut l'attribuer à plusieurs causes, dont la principale est le fait d'une partie de ses habitants.

Lorsque des étrangers viennent dans la localité pour y chercher des logements, les propriétaires, maîtres d'hôtel ou logeurs, qui résident dans le haut de la ville, ne manquent jamais, afin de louer leurs appartements plus sûrement et plus cher, de faire valoir la situation de leurs immeubles et de déprécier le quartier opposé qu'ils accusent d'être très humide à cause du voisinage du lac. Cette manœuvre est surtout familière aux propriétaires de Montmorency ; elle n'a rien qui étonne, car on en observe de semblables dans d'autres lieux fréquentés par les étrangers, tels que Hyères, Cannes, Nice et Menton. Là comme ici, chacun vante son quartier au détriment des autres ; et les imprudents ne se doutent pas qu'en agissant ainsi, ils nuisent à leur pays et qu'ils contribuent à affaiblir la bonne réputation de toute la contrée. Les étrangers, qui n'ont ni le temps ni les moyens de contrôler ces dires, les acceptent sans examen et s'en vont rapporter chez eux les avis qu'ils ont reçus, avis qui d'ailleurs leur paraissent suffisamment justifiés, en ce qui concerne Enghien, par l'existence de son lac.

Un autre fait qui a pu encore induire les étrangers en erreur sur cette question d'humidité est le suivant. Dans beaucoup de propriétés d'Enghien ou des environs, où l'on a trop rapproché les uns des autres les grands arbres à épais feuillage, les ombrages sont devenus trop considérables ; aussi, l'évaporation par les feuilles aidant, ces endroits, privés de lumière et dont l'air n'est pas suffisamment renouvelé, sont habituellement très frais. On pourrait même faire à quelques maisons le reproche d'être en quelque sorte enfouies dans ces ombrages. Eh bien ! les visiteurs, jugeant à *priori* et du particulier au général, quittent Enghien en disant qu'ils y ont senti beaucoup de fraicheur. Ce dire est fondé quand il s'applique aux endroits trop ombragés ; mais il ne l'est pas si on en fait l'application au pays tout entier. Les faits sur lesquels il s'appuie cesseraient d'être, si les plantations étaient éclaircies et les ombrages diminués dans les lieux auxquels j'ai fait allusion. C'est donc une affaire toute locale, excessivement restreinte, et qui n'est pas le fait du climat.

Mesdames et Messieurs, je termine ici cette première partie de mon argumentation contre les préjugés relatifs au climat d'Enghien : je crois avoir clairement démontré par elle que toutes les accusations colportées contre la salubrité d'Enghien, n'ont aucun fondement, et qu'un peu de réflexion, qu'un simple appel à la raison suffit pour réduire à néant chacune d'elles.

Mais je n'entends pas m'arrêter là. Je veux que ma dissertation abonde en preuves. C'est pourquoi je vais maintenant en produire de nouvelles qui seront empruntées à la météorologie, au mouvement de la population et à l'observation clinique.

Météorologie. — Mes premières observations météorologiques à Enghien datent du mois de juin 1870. Mes instruments ont été fabriqués par MM. Baudin et Salleron ; ils sont placés dans un jardin potager, sous un abri construit d'après les avis donnés par MM. Renou et Sainte-Claire Deville ; ils offrent par conséquent toutes les garanties désirables de précision et de bonne exposition. Mon baromètre, à niveau constant, système Fortin, modifié par Delcros, a été fabriqué par Ernst, et étalonné à l'Observatoire de Montsouris.

Je dois dire que, en raison de mes devoirs professionnels, il ne m'a pas toujours été possible d'observer aux mêmes heures que les grands observatoires, ni de faire, comme eux, des observations nocturnes et diurnes trihoraires. Je ne pourrai donc pas établir des moyennes sur des bases pareilles à celles qu'ils ont adoptées ; mais je ferai observer que cela est peu important au point de vue qui m'occupe, attendu qu'il s'agit moins, pour moi, de faire de la théorie que d'établir les vraies conditions météorologiques de la station d'Enghien, pendant la saison où elle est fréquentée par les malades et par les amateurs de villégiature. Les résumés, par séries mensuelles de mes observations, faites à différentes heures de la journée, et les moyennes annuelles de température déduites des maxima et des minima, suffiront amplement à ce but. Mais, afin de vous éviter de trop longs détails, et afin de rendre mes démonstrations plus facilement saisissables par des personnes peu habituées à ce genre d'étude, je comparerai les résultats moyens de mes observations à ceux des observations faites aux mêmes heures à l'Observatoire de Montsouris. Ces comparaisons mettront en plus grande évidence le véritable caractère du climat d'Enghien, en vous épargnant des lenteurs.

Pression atmosphérique. — J'ai peu de choses à dire sur ce sujet ; car, situé à une altitude moyenne de 43 mètres, Enghien a naturellement une pression atmosphérique moyenne à peu près égale à celle de Paris, dont il n'est éloigné, d'ailleurs, que de 11 kilomètres. Je me bornerai donc aux mentions qui suivent :

A Enghien, la pression barométrique moyenne est de 766mm,0 ; le maximum absolu oscille entre 770,0 et 774mm,0.

Le minimum moyen est de 747mm,8 : le baromètre descend rarement à 739mm,0 ; une seule fois, en décembre 1876, je l'ai vu descendre à 729mm,2. Dans ce même mois, l'écart entre le maximum et le minimum a été le plus considérable que j'aie observé dans ce pays. La moyenne des écarts mensuels est de 20mm,1. Comme à Paris, ces écarts sont les plus élevés en décembre et en janvier, et les plus faibles en juillet et en août. Les écarts barométriques diurnes sont généralement assez faibles ; les forts écarts diurnes oscillent entre 8 et 14mm,4 ; une seule fois, entre le 9 et le 10 janvier 1872, j'ai relevé un écart de 18mm,3. Il résulte de là que l'atmosphère d'Enghien n'éprouve pas de fréquentes, ni de violentes perturbations. En effet, les orages n'y sont ni violents, ni fréquents.

Température. — Je débuterai par les extrêmes. Depuis 1870, les fortes gelées ont été de — 13°7 c., le 30 décembre 1871, et de — 14°4 c. le 1er janvier 1875. Les gelées les plus intenses ont été, le 9 décembre 1871, de — 22°5 c., et dans l'hiver de 1879 à 1880, qui a été si long et si rigoureux, le thermomètre est descendu à — 23°8 c.

Les températures les plus élevées ont été de + 34°6 le 15 juillet 1876, et de + 37°3, le 17 août de la même année. La moyenne des plus grandes chaleurs, observées à Enghien, de 1870 à 1880, est de + 34°5 c.

Le tableau ci-dessous indique les moyennes de températures mensuelles et saisonnières déduites des maxima et des minima, à Enghien

Mois.	Minima	Maxima	Moyenne	Saisons froide.	chaude.
Janvier	1,5	5.2	2,4	2,4	»
Février	2,5	8.3	5,0	5,0	»
Mars	5,1	10.8	6,7	6,7	»
Avril	5,1	17.8	11,4	11,4	»
Mai	6,6	19,7	13,6	»	13,6
Juin	10,0	24.1	17.7	»	17,4
Juillet	13,2	25.7	19,4	»	19,4
Août	13,0	25,1	19,2	»	19,2
Septembre	9,8	21.3	15,9	»	15,9
Octobre	6,3	15,7	11,5	»	11,5
Novembre	2.4	9,9	6,1	6,1	»
Décembre	1.6	7.1	4,4	4,4	»
Moyennes annuelles.	6,4	15,8	11,1	Moyennes saisonnières. 6,0	16,2.

Si l'on compare ces moyennes mensuelles à celles qui ont été déduites de 60 années d'observations, faites à l'Observatoire de Paris, on trouvera entre elles des différences insignifiantes ; et, si la comparaison se fait entre les moyennes annuelles, on constatera que celles-ci sont presque identiques ; ainsi à Enghien, la moyenne annuelle est de + 11°1 c., et à Paris elle est de + 10°8. La différence n'est que de 3[10° de degré.

La moyenne de la température de la saison chaude, à Enghien, étant + 16°2 c., celle de la saison chaude à Paris étant, d'après les 60 années d'observation, + 15°9 la différence entre elles n'est encore que de 3[10° de degré.

Cela étant, je demande sur quoi certaines gens se fondent pour affirmer qu'il fait plus froid à Enghien qu'à Paris ? C'est encore une assertion basée sur une erreur des sens.

Pour éviter toute équivoque, je dois faire observer que les moyennes soit mensuelles, soit annuelles ou saisonnières qui précèdent se composent de la réunion des températures nocturnes et des températures diurnes ; or, si pour la saison chaude, la seule dont les malades aient à se préoccuper ici, puisque c'est le temps de leur séjour à Enghien, je retranche les relevés de la température de la nuit, et si je ne considère que les mois de mai, juin, juillet, août et septembre, la moyenne de température diurne que j'obtiendrai s'élèvera à +23°1, et celle-ci sera la vraie moyenne pour nos hôtes de l'été.

Voici, d'après mes relevés, quelles sont à Enghien les diverses moyennes de température diurne, de 6 heures du matin à 6 heures du soir, pendant la saison chaude, l'heure du maximum n'étant pas comprise dans ce tableau.

6 h. m.	7 h. m.	8 h. m.	9 h. m.	midi	1 h. s.	3 h. s.	6 h. s.
13,0	14,0	15,6	17,4	19,8	22,9	21,9	16,5

Cette série de chiffres, représentant la marche de la température diurne, à Enghien, offre aux malades qu viennent y résider, l'indication des heures qui sont' pour chacun d'eux, les plus propices pour la promenade. C'est pourquoi je les signale à votre attention.

L'humidité relative ou l'état hygrométrique.

J'ai dit plus haut quelles sont les conditions qui rendent une contrée humide ; j'ai démontré que ces conditions n'existent pas à Enghien ; je vais maintenant apporter les preuves physiques de la modération de l'état hygrométrique dans notre localité.

Pour les personnes qui ne sont pas au courant de la question, je donnerai quelques explications préliminaires.

L'atmosphère renferme toujours une certaine quantité de vapeur d'eau, quantité d'ailleurs très variable, car elle est déterminée par la température de l'air, avec laquelle elle croît ou elle s'abaisse ; il s'ensuit naturellement que toujours l'air contient plus de vapeur d'eau en été qu'en hiver. Cependant cette différence d'humidité atmosphérique n'est pas toujours perçue par nos organes, par la raison que plus l'air est chaud, plus est grande sa capacité pour la vapeur d'eau, c'est-à-dire que, plus il faut alors de cette vapeur pour le saturer ; et c'est seulement lorsqu'il a atteint son point de saturation, ou lorsqu'il s'en rapproche, que l'air produit sur nous une impression ou désagréable ou nuisible suivant le cas. C'est pour cela que les météorologistes, agissant à ce point de vue, recherchent la somme d'humidité contenue dans l'air, et qu'ils enseignent, avec M. Marié Davy, « qu'il faut distinguer deux choses très différentes:
« la quantité absolue de vapeur contenue dans l'air, et
« le degré d'humidité relative, ou *l'état hygrométrique*
« qui est le rapport de la quantité de vapeur existant
« dans un volume d'air déterminé à la quantité que ce
« même volume contiendrait s'il était saturé à la même
« température. »

On appelle hygromètres ou psychromètres les instruments qui permettent de mesurer l'état hygrométrique de l'air, et pour obtenir une expression aussi exacte que possible de cet état. On est convenu de représenter par 100 la quantité de vapeur d'eau nécessaire pour saturer un volume d'air déterminé à une température donnée, et d'exprimer les fractions de cette quantité par des chiffres ; ainsi quand la vapeur d'eau contenue dans l'air n'est que la moitié ou les 3[4 de ce qu'il en faudrait pour saturer l'air à la température donnée, on dit que l'état hygrométrique est à 0,50 ou 0,75 centièmes du point de saturation.

C'est avec ces instruments, en suivant ces données, que j'ai constaté, chaque jour et à des heures différentes, le degré d'humidité relative à Enghien.

De même que je l'ai fait pour la température, je vais vous faire connaître les résultats que m'a donnés la comparaison d'observations faites simultanément à Enghien et à Montsouris pendant 684 jours, appartenant aux années 1874 et 1875.

	9 h. du mat.	Midi.
A Enghien.	76,2	61,4
A Paris (Montsouris).	76,8	61,2

Voici, exprimé en centièmes, un spécimen de la marche moyenne de l'humidité à Enghien, observée de 6 heures du matin à 7 heures du soir, de 1873 à 1880 inclusivement, pendant les mois de mai à septembre.

Enghien.

6 h. m.	7 h. m.	8 h. m.	9 h. m.	midi.	3 h. s.	6 h. s.	7 h. s.
84	81	73	66	54	53	72	75

Les personnes qui ont quelque raison de redouter l'humidité, trouveront dans ce tableau les moyens de régler leur conduite utilement pour leur santé.

D'après le premier tableau, il n'existe pas de différence entre la moyenne d'humidité relative constatée à Enghien et celle qu'on observe à Montsouris.

Les seconds chiffres supportent aussi avantageusement la comparaison avec les observations de Paris, car les relevés simultanés des cinq mois correspondants donnent les chiffres suivants :

Paris	6 h. m.	«	9 h. m.	midi	3 h. s.	6 h. s.
	84	«	72	60	57	64

Enfin, en observant la seconde série de chiffres, relatifs à Enghien, on acquiert la preuve que dans cette localité la marche de l'humidité relative est semblable à celle que le même phénomène affecte à Paris, à Halle et dans d'autres pays continentaux, c'est-à-dire qu'elle atteint son maximum au lever du soleil, qu'elle baisse ensuite progressivement jusqu'à 3 heures du soir, époque de la journée où elle est à son minimum, et qu'ensuite elle se relève jusqu'au lendemain matin. Il faut en conclure que le phénomène météorologique en question obéit, ici comme ailleurs, à des lois générales, et qu'il n'y est pas troublé par des influences locales exceptionnelles.

Les chiffres qui précèdent sont plus éloquents que les plus habiles dissertations ; je les recommande donc aux méditations des détracteurs du climat d'Enghien, et j'espère que la preuve irrécusable, fournie de nouveau par moi, qu'Enghien n'est ni plus froid ni plus humide que le jardin de Montsouris, dont le sol est élevé, découvert et éloigné de la Seine, que cette preuve imposera silence à nos adversaires aveugles ou obstinés, et qu'elle démontrera à tous que l'opinion que je combats n'est qu'un absurde préjugé.

Il est encore un fait dont la démonstration physique me parait nécessaire , malgré les considérations que j'ai déjà fait valoir sur le même sujet, c'est celui de l'innocuité du lac en tant que source d'humidité.

Pour apprécier physiquement son influence à cet égard, j'ai fait à différentes époques, à 9 heures du matin, des observations psychrométriques presque simultanées (il n'y avait entre elles qu'un intervalle de 6 minutes), 1° dans un jardin situé dans la partie haute de la grande rue d'Enghien, à environ 400 mètres du lac ; 2° dans celui de l'établissement, entre les bains et l'hôtel, dans la partie qui n'est pas plantée, à 50 mètres environ des bords du lac. Ces observations m'ont donné les moyennes suivantes :

	Gr. rue.	Bains.
En novembre 1874 (20 observations).	88.5	82,3
En avril 1875. (13 observations).	59,0	56,0
En mai 1875. (10 observations).	63,0	50,0
Moyenne générale,	70,1	62,8

La différence est d'environ sept centièmes à l'avantage du jardin des bains, dont l'air est moins humide, malgré le voisinage du lac, que celui de l'autre jardin qui en est éloigné, mais dont le sol est planté en bosquets.

J'ai poursuivi cette recherche sur d'autres points. Ainsi, le 6 juillet 1874, à 4 h. 30 du soir, j'ai pris d'abord le degré d'humidité relative sur un terrain découvert, non planté, servant de chantier de pierres, et situé au sommet de la rue des Golardes, qui fait partie de la commune de Saint-Gratien. Ce degré était 26 centièmes ; après cela je me rendis rapidement au pont Catinat, entre le grand et le petit lac, sous les grands arbres qui alors ombrageaient leurs bords, et à 4 h. 40. le psychromètre m'accusait 30 centièmes ; à 5 heures, sur la chaussée du lac, en face du pavillon Talma, je faisais une semblable opération qui me donnait pour résultat 31 centièmes ; après celle-ci, je m'embarquai, et, dans le trajet des bords du lac à l'île des Cygnes, opérant à 5 h. 15, à 30 centimètres au-dessus de la surface de l'eau, je ne trouvai que 33 centièmes d'humidité.

Par conséquent, à un intervalle de 45 minutes, durant la période ascendante de l'humidité relative, je n'obser-

vai qu'une différence de 7 centièmes entre l'état hygrométrique d'un lieu élevé et complètement découvert et
celui de la surface des eaux du lac.

Voici encore une autre expérience dont le résultat
renferme un semblable enseignement. Le 7 juin 1874,
à 7 h. du matin, sur le pont du Nord, entre les deux
grands lacs, il y avait 60 centièmes d'humidité relative ;
à 100 mètres de là, dans le pré Sénécal, qui est modérément ombragé, j'ai trouvé, 10 minutes plus tard,
63 centièmes , et à 7 h. 1|2, dans l'avenue de barbe-
bleue, qui est plus ombragée que le pré Sénécal, mon
psychromètre me donnait 67 centièmes ; et cependant
j'opérais pendant la période décroissante de l'humidité.

Ces résultats n'ont rien de surprenant ; on en observe souvent de semblables ailleurs. Par exemple, à
Monaco en février 1863, à 9 heures du matin, avant la
brise de mer, j'ai opéré plusieurs fois de la même
manière et successivement 1° sur la terrasse du Casino,
espace alors entièrement découvert, situé à environ
15 mètres au-dessus de la mer et à 100 mètres du rivage;
2° sous les oliviers de Saint-Michel à 600 ou 700 mètres
du rivage et à environ 60 mètres au-dessus du niveau
de la mer ; eh bien ! ces observations m'ont donné en
moyenne, sur le premier point, 0,46 d'humidité, et sur le
second 0,51 d'humidité.

Des expériences que je viens de relater, il résulte
évidemment les preuves incontestables :

1° Que l'atmosphère du lac et de ses bords renferme
un excédent de vapeur d'eau trop faible pour exercer
sur les habitants de son voisinage une influence nuisible ;

2° Que les lieux boisés et ombragés, toutes choses
égales d ailleurs, sont plus humides que ceux qui sont
dans des conditions contraires, ces derniers fussent-ils
situés sur le bord de l'eau ;

3° Enfin qu'un pays, dont l'atmosphère, étudiée à
5 heures du soir dans la période ascendante de l'humidité relative et près de l'eau, peut ne renfermer que 31 à
33 centièmes de vapeur d'eau, ne doit pas sans déraison
être réputé humide.

État du ciel. — D'après mes observations faites pendant les saisons chaudes des années 1874, 1876, 1877,
1878, 1879 et 1880, j'ai compté à Enghien, pour 1000 jours,
159 jours sereins, 605 jours nuageux et 236 jours couverts ; les jours pluvieux, au nombre de 337 sont com-
compris dans les jours couverts et les jours nuageux ;

au premier abord, ce chiffre 337 paraîtra peut-être considérable ; mais cette impression s'effacera quand j'aurai
fait observer que, dans cette période d'années, il y en
eut trois d'exceptionnellement humides qui ont propor-
tionnellement élevé le nombre des jours pluvieux, et
que parmi ceux-ci j'ai compté ceux pendant lesquels
il n'a plu que durant quelques instants, et qui ont été
beaux pendant le reste de la journée. De même, j'ai fait
figurer parmi les jours nuageux ceux au nombre de 200
environ durant lesquels les nuages n'occupaient pas le
huitième de la voûte céleste. On m'accordera en effet
que parmi les jours nuageux, il y a beaucoup de beaux
jours : que les jours couverts ne sont pas tous de mauvais jours, et que la majeure partie d'entre eux permettent la vie extérieure et les promenades lointaines.

Au reste, durant cette période d'années où les mauvaises ont été en majorité, la moyenne des jours pluvieux comptés comme je viens de le dire, a été de 11 pour
le mois de mai, de 13 pour juin, juillet et août, et de 12
pour septembre. Certes, eu égard aux observations qui
précèdent, ces chiffres n'ont rien d'exagéré ; ils concordent au contraire avec les conditions normales du climat
parisien.

J'ai dit plus haut que les brouillards sont rares et peu
épais à Enghien. Je vais indiquer le procédé que j'em-
ploie pour apprécier leur densité relative. Lorsqu'il
existe du brouillard à Enghien, je me dirige du côté où
sont les poteaux du télégraphe, et je cherche à en apercevoir un du plus loin qu'il me soit possible ; aussitôt
que j'ai réussi, je compte les pas à partir du point où
je l'ai aperçu jusqu'au pied de ce poteau : le nombre de
pas me donne la mesure du degré d'intensité du brouillard. Eh bien ! jusqu'ici il m'avait toujours été possible
d'apercevoir un poteau télégraphique en maximum à
120 pas et en minimum à 80 pas; mais pendant les
brouillards observés durant le mois de décembre 1880,
je cessais de les voir à partir de 49 pas. Les brouillards,
d'ailleurs peu fréquents, ont donc été plus intenses
durant l'hiver dernier que pendant les années précé-
dentes. Quoi qu'il en soit, je répète qu'ils n'ont ici ni la
même fréquence ni la même intensité que ceux qu'on
observe dans la plaine de Saint-Denis et à Paris, où ils
gênent si souvent la circulation.

J'ai souvent entendu des habitants de Montmorency,
voulant affirmer le caractère humide de la localité d'Enghien, s'appuyer sur ce que, vers le coucher du soleil,
le territoire d'Enghien se couvre de brume. Je suis loin

de contester ce fait, car il dépend d'un phénomène si
naturel et si général que, si ces mêmes habitants de
Montmorency pouvaient aux mêmes heures s'élever,
au-dessus de leur coteau, d'une hauteur égale à celle où
ils sont au-dessus du site d'Enghien, ils verraient
Montmorency et son territoire plongés dans une brume
à peu près semblable. En effet, cette brume, qui enve-
loppe la terre au moment du coucher du soleil est un
fait général résultant de la condensation de la vapeur
d'eau contenue dans l'air, par le refroidissement que
produit la déclinaison, puis l'absence des rayons solaires
au-dessus de notre horizon. Cette brume n'est visible
que lorsque l'observateur a au-dessous de lui une couche
d'air d'une certaine épaisseur, par exemple, celle d'environ 80 mètres qui existe entre l'altitude de Montmorency
et celle d'Enghien, ou lorsqu'un coteau, faisant écran,
se trouve placé à une distance horizontale de un ou plusieurs kilomètres de l'observateur.

Au reste, cette brume n'est pas durable, elle se dissipe
bientôt par la production de la rosée. C'est donc un
phénomène général et éphémère, qui ne peut pas plus
nuire à la salubrité d'Enghien qu'à celle des autres
localités placées dans des conditions semblables.

Je ne terminerai pas ce qui est relatif à la météorologie sans dire quels sont les vents qui soufflent le plus
ordinairement dans notre contrée ; ce sont, par ordre de
fréquence : en janvier, le sud-ouest et le nord ; en
février, le sud-ouest ; en mars, avril et mai, le nord ;
en juin, le nord-est et le nord ; en juillet et août, le sud-
ouest et le nord ; en septembre, le sud-ouest ; en octobre, le sud-ouest et le sud ; en novembre et décembre,
le sud-ouest. A cet égard, mes observations concordent
avec celles du père Cotte.

Mouvement de la population. — Ce que j'ai à dire
sur ce sujet se bornera à l'exposition des preuves les
plus propres à confirmer l'excellence du climat d'Enghien.
Comme pour la météorologie, je n'ai pu faire sur ce
point de la science générale ; les documents pour cela
m'ayant fait défaut.

En effet, la commune d'Enghien n'a été constituée
qu'en 1852, comme je l'ai déjà dit, au moyen d'emprunts
faits aux territoires des communes de Deuil, Saint-Gratien, Epinay et Soisy. Il s'en suit que ses archives ne
remontent pas au delà de 28 ans : en outre, une partie
de celles-ci a été perdue pendant la guerre. D'autre
part, la progression très rapide du nombre de ses habitants, qui de 480 en 1855, s'est élevé à 1,200 en 1866, à

1122 en 1872, et à 1610 en 1876, ne peut être due seulement aux causes ordinaires de l'accroissement des popu-
lations : elle résulte principalement de l'établissement
dans la localité d'un nombre croissant d'ouvriers, de
commerçants et de rentiers, dont quelques-uns ont quitté
le pays après un séjour de quelques années, et que d'autres ont promptement remplacés. Avec de telles vicis-
situdes, comment établir ce qui fait habituellement partie
des statistiques, c'est-à-dire la durée de la vie moyenne
et les rapports des naissances aux mariages et aux
décès ? Mais heureusement tout cela importe peu au but
que je poursuis.

En ce qui concerne la mortalité, le nombre des décès
portés sur les registres de l'état civil, n'était pas en rapport avec le chiffre de la population; il se trouvait aug-
menté presque de moitié par le chiffre des décédés,
ayant fait partie des étrangers malades, venus à Enghien
pour y passer la belle saison ou pour y suivre un traitement thermal ; j'ai donc dû éliminer tous les actes
civils relatifs aux décédés étrangers à la commune d'Enghien. J'ai la certitude d'y avoir réussi, et d'apporter un
nouveau complément de preuves en faveur de ma thèse.

Je prends pour base le dernier recensement, celui de
1876. A cette époque, la population d'Enghien était de
1610 habitants se décomposant ainsi :

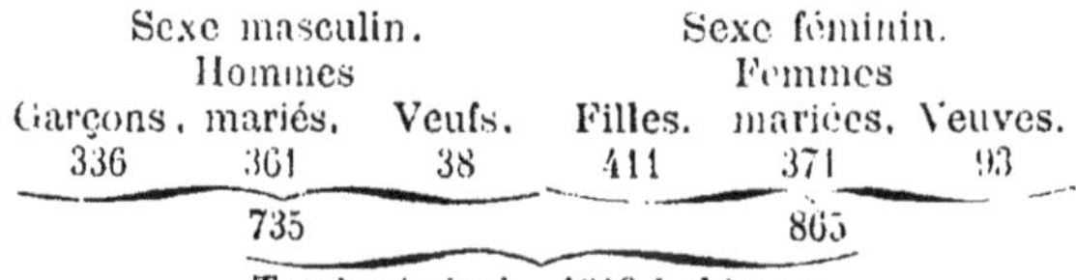

Sexe masculin.			Sexe féminin.		
	Hommes			Femmes	
Garçons.	mariés.	Veufs.	Filles.	mariées.	Veuves.
336	361	38	411	371	93
	735			865	

Total général : 1610 habitants.

Sur ce nombre (1610), on comptait, en 1876, 44 septuagénaires et 8 octogénaires, soit en tout, 52 individus
ayant dépassé 70 ans, ou 32 septuagénaires ou octogénaires pour 100 habitants. Depuis 1876, 12 de ces individus étant morts, le chiffre de leurs survivants est
réduit à 40 ; néanmoins celui de nos septuagénaires
actuels n'est pas diminué : au contraire, il est aujour-
d'hui porté à 60 par l'accession de 20 anciens habitants
de la commune qui étaient âgés de 66, 67, 68 et 69 ans,
lors du dernier recensement : nous comptons donc
aujourd'hui à Enghien 37 septuagénaires ou octogénaires par 100 habitants ; autrement dit, le nombre de
ces vieillards dépasse maintenant le tiers de la population. Dans le tableau suivant, on les voit rangés par
nombre et par âge :

<table>
<tr><td colspan="4" align="center">Sur 46 septuagénaires.</td><td colspan="2" align="center">Sur 14
octogénaires.</td></tr>
<tr><td>3 ont</td><td>70 ans.</td><td>2 ont</td><td>75 ans.</td><td>5 ont</td><td>80 ans.</td></tr>
<tr><td>6 ont</td><td>71 ans.</td><td>2 ont</td><td>76 ans.</td><td>3 ont</td><td>81 ans.</td></tr>
<tr><td>9 ont</td><td>72 ans.</td><td>4 ont</td><td>77 ans.</td><td>2 ont</td><td>86 ans.</td></tr>
<tr><td>2 ont</td><td>73 ans.</td><td>2 ont</td><td>78 ans.</td><td>1 a</td><td>87 ans.</td></tr>
<tr><td>9 ont</td><td>74 ans.</td><td>7 ont</td><td>79 ans.</td><td>1 a</td><td>90 ans.</td></tr>
<tr><td></td><td></td><td></td><td></td><td>2 ont</td><td>92 ans.</td></tr>
</table>

Or, sur ce territoire, emprunté aux communes susdites pour constituer celle d'Enghien, vivaient un certain nombre de familles dont les membres étaient nés sur les lieux, ou y résidaient depuis plus ou moins d'années. Ce sont eux qui formaient le plus fort contingent des habitants recensés en 1855 (480). Eh bien ! bon nombre de ces anciens résidents sont encore vivants; non seulement ils constituent le plus grand nombre de nos vieillards actuels, mais encore ils figurent parmi les plus âgés.

On peut conclure de là qu'à Enghien, un grand nombre d'habitants, 37 0[0, atteignent l'extrême vieillesse. Cette conclusion est amplement confirmée par ce qui suit :

Après avoir examiné l'âge des vivants, j'ai recherché celui des décédés. Pour cela, j'ai compulsé les actes civils de 16 années consécutives, de 1864 à 1879 inclusivement. Durant cette période, il y a eu 327 décédés ayant appartenu de leur vivant à la commune d'Enghien pendant un plus ou moins grand nombre d'années. Le tableau suivant les montre rangés par distinction d'âge et de sexe.

Décédés.	Masculins	Féminins	Totaux
De 1 jour à 1 an.	26	34	60
De 1 an à 4 ans.	13	19	32
De 4 ans à 10 ans.	2	6	8
De 10 ans à 20 ans.	2	5	7
De 20 ans à 30 ans.	11	6	17
De 30 ans à 40 ans.	19	9	28
De 40 ans à 50 ans.	19	10	29
De 50 ans à 60 ans.	23	13	36
De 60 ans à 65 ans.	9	13	22
De 65 ans à 70 ans.	11	7	18
De 70 ans à 75 ans.	12	14	26
De 75 ans à 80 ans.	8	15	23
De 80 ans à 85 ans.	5	6	11
De 85 ans à 90 ans.	6	3	9
De 90 ans à 95 ans.	1	0	1
Totaux.	167	160	327

Dans ce tableau , on remarquera que 70 décédés avaient dépassé l'âge de 70 ans, et que 21 d'entre eux avaient dépassé 80 ans ! C'est une nouvelle preuve que le nombre de ceux qui atteignent l'extrême vieillesse est relativement très grand à Enghien.

L'examen des causes de décès m'a donné des résultats non moins curieux, quoique je n'aie pu examiner que les certificats de décès des huit dernières années. Ils étaient au nombre de 157 ; j'en ai éliminé 10, relatifs à des cas de suicide, d'écrasement par le chemin de fer, d'accidents de voiture, et d'une chute de cheval, qui n'étaient pas de nature à figurer dans un cadre nosologique tel que celui que je voulais produire, c'est-à-dire exempt de toute mort violente ou volontaire.

Désignation technique et par ordre de fréquence des maladies qui ont causé la mort de 147 habitants d'Enghien, dans l'espace de 8 années.

Maladie		Nombre	Total	%
Fluxions de poitrine.	enfants.	8		
Bronchite catarrhale aiguë.		4		
Bronchite capillaire.		5		
— chronique.		4	32	
Broncho-pneumonie.		3		
Pneumonie simple.		4		
— caséeuse.		1		
Pleuro-pneumonie.		3		21,7 0/0
Gastro-entérite aiguë.		8		
— Chronique.		6		
Diarrhée.	enfants.	3	22	14,9 0/0
Affections cholériformes.	enfants.	5		
Congestion cérébrale.		2		
Apoplexie cérébrale.		7	16	10,6 0/0
Apoplexie par embolie.		3		
Hémorrhagie cérébrale.		4		
Affaiblissement sénile.		12	12	8,1 0/0
Phtisie pulmonaire.		11	11	7,4 0/0
Méningite cérébrale.		3		
— tuberculeuse.		5	10	6,8 0/0
Méningo-encéphalite.		2		
Affections du cœur.		10	10	6.8 0/0

A reporter.   113

	Report .	113	
Fièvre typhoïde.	4	4	2,7 0/0
Maladies du foie.	4	4	2,7 0/0
Néphrite albumineuse.	3	3	2,0 0/0
Faiblesse congénitale.	3	3	2,0 0/0
Diphtérie (croup).	2	2	1,3 0|0
Cancer de l'utérus.	2	2	1,3 0|0
Infection purulente.	2	2	1,3 0|0
Total,		133	

Les maladies, désignées ci-après, n'ont présenté qu'un seul cas : ramollissement cérébral, myélite chronique, hémiplégie, éclampsie puerpérale, cystite chronique, érysipèle généralisé, étranglement intestinal, diabète sucré, gangrène des membres inférieurs, imperforation du rectum, alcoolisme ayant déterminé une apoplexie pulmonaire, convulsions, kyste de l'ovaire, pneumonie fibrineuse développée dans le cours d'une rougeole. Total 14, qui, avec le précédent, 133, constitue le total général : 147.

Mesdames et Messieurs, j'appelle spécialement votre attention sur les points suivants : sur 147 décès, 11 seulement sont dus à la phtisie pulmonaire, 4 à la fièvre typhoïde, et 2 seulement à la diphthérie ; d'où l'on peut rationnellement tirer cette conséquence que la phtisie ne figure, à Enghien, au nombre des causes de décès, que dans la proportion de 7,4 0|0 ; la fièvre typhoïde dans la proportion de 3 0|0 et la diphtérie dans celle de 1,2 0|0. Or, à Paris, la phtisie cause 18,8 0|0 du nombre des décès, et la fièvre typhoïde 9.1 0|0. Enfin, la part de l'affaiblissement sénile dans les causes de décès est ici de 8 0|0.

OBSERVATIONS CLINIQUES. — Beaucoup de localités, en apparence salubres, sont cependant plus fréquemment que d'autres le siège de maladies épidémiques ; dans beaucoup d'autres, on voit régner d'une façon permanente, mais avec des redoublements d'intensité à certaines époques de l'année, des maladies particulières, que, pour cette raison, on appelle endémiques. Toutes ces localités doivent ce triste privilège aux conditions topographiques ou géologiques qui sont inhérentes à leur situation.

Enghien semble être à l'abri de ces mauvaises fortunes. Les épidémies de choléra l'ont épargné, sauf celle de 1849 qui y fit quelques victimes à la suite de plu-

sieurs cas importés par des étrangers. Il en a été de
même des épidémies de variole, et en particulier de
celle de 1869-1870 et 1871, qui sévit si cruellement dans
les communes des alentours, et qui n'atteignit qu'un
seul individu d'Enghien, lequel, travaillant momenta-
nément à Paris, y avait contracté la maladie, et avait
rejoint sa famille aussitôt qu'il s'était senti malade.

La scarlatine et la rougeole, qui présentent si fréquemment le caractère épidémique, se sont comportées
de même à l'égard d'Enghien. Aussi, pendant l'hiver
de 1873 à 1874, où des cas très nombreux de rougeole
se sont montrés dans toutes les localités voisines, il ne
s'en est rencontré que quelques cas dans notre cité. Il
en a été de même dans l'hiver de 1880 à 1881, où une
petite commune du voisinage a présenté, entre janvier
et février, 157 cas de rougeole, tandis qu'Enghien n'en
a offert que 8 ou 10 cas très bénins pendant tout l'hiver.

La suette miliaire qui, en 1821, a régné épidémique-
ment dans les départements de l'Oise et de Seine-et-Oise,
a épargné Enghien ; c'est le docteur Rayer qui l'a dit, et
l'on doit d'autant mieux le croire qu'il avait été chargé
par l'autorité de visiter les pays infectés.

Enghien jouit d'une immunité aussi complète par
rapport aux maladies endémiques. Ainsi soit constamment, soit à des époques fixes, on n'y voit régner aucune de ces maladies dues à des influences locales, telles
que la fièvre intermittente simple ou pernicieuse, la scro-
fule, le rachitisme, les affections rhumatismales, la
dysentérie, etc. Enfin, il est établi par le tableau ci-
dessus des causes de décès que la phtisie, la fièvre ty-
phoïde et la diphtérie sont extrêmement rares à Enghien.

Les maladies qu'on y observe ont le caractère spora-
dique, c'est-à-dire qu'elles surviennent indifféremment
en tous temps, en tous lieux et indépendamment de
toute influence épidémique. Elles sont variées comme
l'indique notre tableau ; en général, elles n'offrent pas
de malignité, et, lorsqu'elles acquièrent une gravité
capable d'amener une issue funeste, cela provient de
circonstances propres au sujet malade, plutôt qu'à une
influence locale. Elles sont plus fréquentes dans les
mois de décembre, de janvier, de février, de mars et
d'avril, que dans les autres mois de l'année. Pendant
cette période, qui est celle de la saison froide et plu-
vieuse, elles siègent de préférence sur les organes de
la respiration ; ce sont alors des bronchites, des pneu-

monies, des maux de gorge, des coryzas, des conjonc-
tivites, des affections rhumatismales ; du mois de juin à
la fin d'octobre, ce sont le plus souvent des maladies
intestinales.

Les maladies qui affectent spécialement les enfants
du premier âge sont la diarrhée et la méningite ; elles
s'observent dans la classe peu aisée, et elles sont le
résultat d'un mauvais nourrissage.

En somme, à Enghien, le cadre nosologique est borné
aussi bien à propos du nombre que de la gravité des maladies. Ce fait constitue une preuve irréfragable de
l'excellence de son climat, mais ce n'est pas la seule en
ce genre. On en trouve une autre dans les nombreux
exemples de reconstitution de la santé chez les valétudinaires qui y sont venus durant la belle saison, soit
pour y respirer simplement le bon air, soit pour ajouter
à cela les bénéfices d'un traitement thermal ou hydro-
thérapique, et dont une bonne part, en se fixant dans
le pays, a contribué à élever le chiffre de sa population.
La plupart des propriétaires actuels des villas d'Enghien sont venus, en effet, dans ce pays, d'abord comme
valétudinaires ; puis, après un certain séjour, pleinement
satisfaits du résultat obtenu au profit de leur santé, ils
s'y sont installés définitivement. Il en est, parmi eux,
qui ont pris ce parti il y a plus de vingt ans, et qui
continuent à y demeurer, soit toute l'année, soit pendant la belle saison, du mois de mai à la fin d'octobre.

Après le siège de Paris, combien n'a-t-on pas vu de
personnes, épuisées par les privations, les fatigues et
les émotions de toutes sortes, recouvrer rapidement
leurs forces et leur santé après un très court séjour à
Enghien.

Ce genre d'heureuse influence du climat d'Enghien a
été déjà signalé en 1839, par le docteur Perrochet qui
attribuait avec raison à son air doux et modérément
humide la cessation de la toux et de l'oppression particulières aux malades ayant la poitrine délicate. J'ai observé également de nombreux exemples de cet effet
sédatif de notre climat sur ce genre de malades.

Les enfants semblent si bien s'y plaire physiologique-
ment et y croître à merveille, qu'il est de notoriété pu-
blique que le climat d'Enghien leur est très favorable.
Cette opinion, contradictoire à celle que je combats,
est confirmée par tous les médecins qui ont pratiqué
dans la localité, soit comme inspecteurs, soit comme
consultants. Comme preuves à l'appui de ce dire, je
pourrais citer de nombreux faits ; je me bornerai à celui

d'un enfant, né à Paris, qui, ayant présenté, à l'âge de 15 mois, les symptômes précurseurs d'une maladie à laquelle deux de ses aînés avaient succombé, fut, sur mon avis, mis par ses parents en pension à Enghien, et qui depuis s'y est développé, sous mes yeux, avec les signes évidents de la transformation la plus heureuse de sa constitution originelle et avec les indices irrécusables de la meilleure santé. Il y a de cela 10 ans et l'enfant vit encore et est très bien portant.

Après avoir indiqué les bonnes conditions sanitaires d'Enghien, après avoir mis en évidence leurs heureuses conséquences, parlerai-je des agréments du séjour et de la beauté des sites, conditions auxquelles tous les hygiénistes, depuis Hippocrate jusqu'à nos jours, accordent une si grande part dans l'influence d'un climat ? Cela me conduirait trop loin. Je me bornerai, à cet égard, à vous citer le passage suivant, dû à la plume élégante d'un savant médecin, le docteur Réveillé-Parise : « Transporté dans un pareil lieu, un pauvre malade doit certainement espérer de guérir, il ne peut concevoir qu'il en soit autrement. Comment la nature si belle, si libérale, pourrait-elle lui refuser une partie de cette force vitale qu'elle prodigue de l'autre part ? Comment ne pas recouvrer la santé dans un lieu si agréable, avec un air si tempéré, une verdure si riante, des eaux si pures, des sites si frais, si tranquilles ? Madame de Sévigné admirant, pendant son séjour à Vichy, le paysage qui entourait l'établissement, écrit à sa fille : « Le pays seul me guérirait ! » Qu'aurait dit *cette mère Beauté*, comme l'appelait Coulanges, si elle eût séjourné à Enghien, si attrayant par sa situation pittoresque et les campagnes qui l'environnent ? »

J'ai fini, Mesdames et Messieurs ; pour me résumer, e vous rappellerai que j'ai démontré d'une façon péremptoire :

1° Que les conditions topographiques d'Enghien sont très bonnes ;

2° Que cette petite cité n'est pas située dans une vallée ; qu'elle est assise, au contraire, dans une plaine, sur un versant élevé de 18 à 22 mètres au-dessus du niveau supérieur des eaux de la Seine à Saint-Denis et à Epinay ;

3° Que son lac est innocent des nombreux méfaits qu'on lui reproche aux points de vue des émanations paludéennes et de l'humidité ;

4° Que son sol sablonneux, par consequent très perméable, est d'ailleurs suffisamment incliné pour empêcher la formation de flaques d'eaux croupissantes ;

5° Que l'état hygrométrique de son atmosphère est égal à celui de Montsouris ; que les brouillards y sont aussi rares qu'ils y sont faibles ;

6° Que les divers phénomènes météorologiques, loin d'être influencés ici par des circonstances exceptionnelles, obéissent au contraire à des lois générales, et sont conformes à ceux qu'on observe dans des contrées privilégiées au point de vue de la salubrité ;

7° Enfin, que 37 0[0 des habitants d'Enghien atteignent l'extrême vieillesse, et qu'on n'y observe pas de maladies endémiques, ni épidémiques.

C'est donc avec infiniment de raison que j'affirme que le climat d'Enghien est excellent sous tous les rapports, et que je porte à ses adversaires le défi de nous prouver le contraire.

Mesdames et Messieurs, qui vous êtes rendus à mon appel avec un aussi aimable empressement, qui m'avez écouté avec tant de bienveillance, veuillez recevoir l'expression bien sincère de mes vifs remerciements, et permettez-moi d'espérer que désormais Enghien aura en vous des défenseurs convaincus et dévoués.

PARIS. — IMP. V, GOUPY ET JOURDAN, RUE DE RENNES, 71.